Marco Aurélio de Souza



# ILUSÃO

KOTTER
EDITORIAL

Coordenação editorial: Sálvio Nienkötter
Editor-executivo: Daniel Osiecki e Raul K. Souza
Editora-adjunta: Francieli Cunico
Capa e design editorial: Carlos Garcia Fernandes
Produção: Cristiane Nienkötter
Revisão e preparação de originais: O Autor

Dados Internacionais de Catalogação na Publicação (CIP)
Angelica Ilacqua CRB-8/7057

Souza, Marco Aurélio de
Ilusão / Marco Aurélio de Souza. -- Curitiba : Kotter Editorial, 2021.
112 p.

ISBN 978-65-89624-16-5

1. Poesia brasileira I. Título

CDD B869.1

21-1106

Kotter Editorial Ltda.
Rua das Cerejeiras, 194
CEP: 82700-510 - Curitiba - PR
Tel. + 55(41) 3585-5161
www.kotter.com.br | contato@kotter.com.br

Feito o depósito legal
1ª Edição
2021

Marco Aurélio de Souza

# ILUSÃO

Para Emiliano Perneta, príncipe dos poetas paranaenses

Nasci para viver no meio do que é belo.
A miséria me causa um horror sem igual.
Eu não posso tocar de leve com o escalpelo
Numa ferida, sem que isso me faça mal.
[Emiliano Perneta, Orgulho]

O meu lugar é aqui, no seio desta ruína
Destes escombros, que reluzem como lanças,
E destes torreões, que a febre inda ilumina!

Sim, é insulado, aqui, no cimo, bem o sei!
Entre os abutres e entre as Desesperanças.
E dentro deste horror sombrio, como um Rei!
[Emiliano Perneta, Solidão]

# SUMÁRIO

## SÁTIROS E SATÍRICOS



## UMA NOITE NO PASSEIO PÚBLICO

# UM PREFÁCIO NECESSÁRIO – Á MANEIRA DE UMA ADVERTÊNCIA DO AUTOR

Os abalos sísmicos que o ano de 1922 provocou no meio literário brasileiro não foram sentidos imediatamente - e nem do mesmo modo - em todas as províncias do país. No Paraná, embora aqui e ali surgissem certas manifestações mais afinadas com a verve de Mário e Oswald de Andrade, as décadas de 20 e 30 preservaram ainda a hegemonia estética do simbolismo, primeiro grande movimento literário a vingar na terra das araucárias. De modo que, para o pacato mundo das letras da Curitiba de então, talvez o acontecimento mais importante do período não tenha sido a Semana de Arte Moderna, de 1922, mito fundacional do modernismo brasileiro, mas sim a morte de Emiliano Perneta, mais célebre representante do simbolismo paranaense, que ocorrera no ano anterior, em 21 de janeiro de 1921.

Contando com teses e ensaios variados sobre grande parte dos seus representantes - de Dario Velozo a Rocha Pombo, passando por Silveira Netto, Nestor Victor e mesmo por poetas de menor expressão -, as manifestações simbolistas no Paraná são um tema bastante explorado pela literatura acadêmica regional. O interesse historiográfico pelo tema, contudo, não encontra verdadeiro paralelo com uma visada estética/literária acerca do movimento, embora possamos abrir aqui um parêntesis reconhecendo algumas gratas e notáveis exceções, a exemplo da tese *Emiliano Perneta: vida e poesia de província?*, de Ivan Justen Santana. Noutras palavras, com suas obras e autores fora de catálogo há pelo menos duas décadas, pouquíssimo se lê hoje da poesia daquele período, situação de que sequer Emiliano Perneta, poeta mais notório daquela geração, logra se distinguir.

O aparente desinteresse por tal literatura, porém, não chega a ser um fenômeno recente. Ao contrário, podemos encontrar sua mola propulsora logo no início da trajetória de Dalton Trevisan, maior prosador da história do Paraná.

Se em vida a popularidade de Emiliano entre seus conterrâneos não conheceu concorrentes ou rivais à altura, é certo, no entanto, que nenhum reinado sobrevive à passagem do tempo, e que quanto maior se projeta a sombra de um gênio literário sobre seu meio, tão mais forte deverá ser a luz daquele que almeja se desvencilhar dela. Daí que, em 1947, mais de duas décadas após a morte de Perneta, um muito jovem Dalton Trevisan criou a revista Joaquim e, à revelia de sua pretensão cosmopolita, delineou uma estratégia iconoclasta capaz não apenas de conferir projeção a si mesmo, como também de transformar a ordem literária do estado, derrubando a coroa de Emiliano.

Ridicularizando o que chamava de "as ideias da província", quer dizer, certa adoração bairrista e oficialesca aos principais símbolos da cultura paranaense - arranjo em que Perneta aparecia, evidentemente, com grande destaque -, Dalton travou uma batalha encarniçada contra o passadismo artístico e literário que dominava o ambiente cultural de Curitiba. Ao poeta simbolista, sua artilharia se voltou no antológico artigo "Emiliano, poeta medíocre", onde, implacável, afirmou que a inspiração de Perneta era "rasa como capim", e que sua poesia só era apreciada por leitores que o conheceram pessoalmente, por circunstâncias que escapavam ao domínio de suas qualidades estéticas. É deste artigo, aliás, a célebre passagem em que Trevisan afirma a condição duplamente injustiçada de Perneta:

> Emiliano foi vítima da província na vida e na morte. Em vida, a província não permitiu que ele fosse o grande poeta que podia ser, e, na morte, o cultua como sendo o poeta que nunca foi.

Daí por diante, a força crítica do contista como que moldou a recepção residual sobre a obra de Perneta, cada vez menos revisitada. Um século após a morte do autor, porém, urge que relativizemos a ferocidade literária de Dalton Trevisan, distinguindo nela o quanto continha de postura autopromocional e o quanto era retórica estratégica em favor da renovação de um ambiente cultural asfixiado, a fim de nos voltarmos seriamente à obra do simbolista, avaliando em que medida ela ainda é capaz de conversar com o presente, estimulando o novo e o intempestivo.

Modestamente, portanto, este volume se coloca não apenas como um tributo à poesia de Emiliano Perneta, mas também e, sobretudo, como contribuição para uma necessária redescoberta do príncipe dos poetas paranaenses - honraria concedida a Emiliano por seus leitores curitibanos em 1911, por ocasião do lançamento de seu livro mais conhecido, chamado *Ilusão*. Esse evento interessantíssimo, aliás - em tudo peculiar a um tempo como o nosso, em que o máximo de reconhecimento público que um poeta pode almejar é o ridículo epíteto de *influencer* pelas redes sociais –, aconteceu no Passeio Público, mais antigo dos parques de Curitiba e principal símbolo da *Belle Époque* da província, local onde hoje existe um busto de Perneta e uma ilhota chamada de 'Ilha da Ilusão', em alusão ao livro de poemas outrora lançado ali.

O leitor versado na obra de Emiliano perceberá que, neste livro, coabitando com releituras explícitas de poemas publicados em *Ilusão*, há também muitos versos que dialogam mais livremente com sua obra, mediante opções temáticas, certas escolhas vocabulares ou ainda pelo uso praticamente generalizado das formas fixas, habituais na poesia do autor e em sua época. Mas que nenhum leitor se engane: não se trata de simples e desdenhosa paródia. Se em alguns poemas a inversão irônica opera de forma crítica à postura abertamente nefelibata tantas vezes manifesta por Emiliano e por seus pares literários, noutros, o que se realiza é o uso de uma lupa, a atualização de um conteúdo crítico presente desde o original, no intuito de realçar suas virtudes e sua eventual atualidade. Num e noutro caso, entretanto, a intenção foi sempre a mesma: indicar caminhos e possibilidades de leitura junto a uma poesia cujo valor estético, se hoje não é capaz de despertar exageradas comoções, ainda assim - ou justamente por isso - me parece inequívoco.

# ILUSÃO - PRÓLOGO

Travada de corote, cheirando pó, eu sou a puta
Que mira os próprios olhos rasurados no espelho
E nele encontra aos lábios seu batom infravermelho
Sem força a distinguir entre o absinto e a cicuta

No parque avisto um fauno em delírio e desespero
Tramando contra os deuses suas míseras batalhas
Mordida em paranoia eu pisco a ele, a face pálida,
E volto com meu príncipe oscilante ao banheiro

O efebo a mim nem tenta perfurar com sua espada
Tão broxa a brisa o deixa, quer somente desse fel
Que à boca agora leva com a lata amassada

Fumamos os dois juntos e o baque esculpe estrelas
Tão altos nos sentimos que quase podemos vê-las!
Ah, tão bom seria se não fosse uma Ilusão...

# PLUMAS PLÚMBEAS

# O MEU ORGULHO LEVANTOU-ME

O meu orgulho levantou-me pelo braço
Por tanto tempo tive ela aos meus pés
Se me abandona, solitário, o que faço?
Não saberei como viver este revés

A vaidade me olhou: mate no peito
O que tu sentes por quem não te dá valor
Quem desdenhou o teu amor quase perfeito
Já não merece o mel que sai da tua flor

A Glória me sorriu qual fosse primavera:
Sobre o inimigo tu serás como a pantera
E a morte fulminante alguém há de sofrer

E eu cri com força na junção destes fatores
E nunca mais eu deixarei de nela crer
Depois de tudo que eu fiz – quantos horrores!

# VOZES

Não quero este silêncio, este remanso,
Pois nele escuto vozes aqui dentro,
Seu escarcéu de ecos, meu tormento,
As vozes que me tiram o descanso

São vozes que me chamam ao abismo
Que as pílulas que tomo já não calam
São vozes que me acusam, quando falam,
De ter dentro de mim só o escapismo.

"Escolha", dizem elas, "mate ou morra".
"Sufoque-nos beijando enfim a morte,
Ou baile entre os extremos na gangorra

Que oscila entre o prazer e o desespero"
E eu fico assim, sozinho com meus erros,
Ouvindo os seus rugidos nos meus ais

# VENCIDOS

Nós ficaremos, como os menestréis da rua,
Cantando loas aos que vivem a vencer
Se só o que temos é a luz que vem da lua
Ajoelhados por respingos de poder?

Se a raiva e o ódio à injustiça nos conduz
Fiemos neles um sentido pra viver
Compartilhando cada qual a sua cruz
Com o irmão que o seu vizinho há de ser

Abaixo a gente que sorri! Quebrem seus dentes
Que nenhum rico permaneça inocente
Frente ao tumulto anunciado no porvir

Que as estrelas estremeçam ao alerta
Da nova era! Um pesadelo a emergir
Enquanto um único sem-teto existir

# DONZELAS

Donzelas que passais com esse gesto ameno
Coa anunciação deste martírio, os seus lençóis,
Nos seus olhares, supernovas de mil sóis,
Não me olheis, não me olheis, estou sereno

Não me encantam seus trejeitos femininos
Já não suporto estes joguetes de amar
A longo prazo, sob as bênçãos do luar,
Não cantarei a ti meus versos fesceninos

Lírios do campo, ó donzelas, eu confesso
A minha decadência é um fruto caprichoso
Por isso baixem seu olhar, é o que lhes peço

O que eu quero, Afrodite, enfim vos digo
É que me passe logo o fone e a carteira –
Se não me olhas juro que não há perigo

# JUSTIÇA

Os tempos são de crise, desemprego e morte?
O mundo vai pior do que já foi ainda ontem?
Não quero nem saber e digo: não me contem
Pois hoje estou curtindo a vida com meu Porsche.

Sobrevivemos aos corruptos, foi por um triz!
Mas tantas leis, não há elite que suporte.
Pesa às suas costas o destino de um país...
E a liberdade tem as cores do meu Porsche.

Tanto imposto é o que destrói a nossa renda
E ainda há quem faça a nós oposição!
Um Porsche é muito? Só lhe peço: compreenda...

Não há dinheiro, não há dinheiro, e o remédio
É mesmo amargo. Flexibilizemos ao patrão.
Se não tem Porsche, não existe solução.

# VERSOS DE OUTRORA

Foi bom, sim, mas a bondade é uma coisa trivial,
E a juventude incendiou-me a flor do mal.

Fui alegre e sincero. O mundo, a rir, em troco,
Taxou-me de viado – antes me julgasse louco.

Osmar, como te amei, como me masturbei pra ti,
Com desesperos de quem não nasceu mulher

E tu, hipócrita, qual um fauno após a escola,
Tu comeste o meu rabo feito à prática da esmola

Depois, com que ódio, com que fudido menosprezo
Chamaste-me de bicha quando eu me declarei

Pois na ideia virgem de um efebo tão ingênuo
O amor que tu me deste nada tinha de veneno

Mas não fosse o bastante para ti ignorar-me
Que eu era imoral, disse-o por toda parte

E o pus desta ferida eu suguei como a um colostro
Em segredo atirando os meus dardos no teu rosto

Finalmente transformada, agora eu caminho
Com o corpo que sonhava ao sentir aquele espinho

Informar sua família deste meigo segredinho.
Ora, pois! Vamos ver o que os seus filhos vão dizer...

*Num país de bárbaros*

# NOITE. DEITO-ME AQUI... (INSONETO)

Se o filme é bom e a noite cai no seu enredo
Meus olhos piscam como um flash agressivo
Quero dormir - embora à ideia aversivo
Fechando a pálpebra cochilo em segredo

Por outro lado, após dormir, quando não há
Na madrugada mais qualquer outro atrativo
O sono passa e fico atento ou pensativo
Lembrando a vida que não dá colher de chá

Eu sei que o mundo é dos despertos e admiro
Quem nunca dorme e lida bem com este fardo
Mas para mim é demasiado impertinente

Se do outro lado do real é que me escorre
À boca o mel de um delírio suficiente
Deixa-me o sonho que acode este presente

# AFLUENTE DO IGUAÇU

O rio que nasceu onde nasci, ó rio
Recebe tanta merda quando passa
Por dentro desta urbe e come a massa
Fecal que o tornou assim sombrio

O arroio ao centro vai agora invisível
Curitibanos já nem mesmo lembram mais
Que tuas águas correm dentro dos canais
E assim se evita o mau cheiro indiscutível

Belém, Belém, a tua Glória não é nossa
Do povo burro que o transformou em fossa
Mesmo que em ti esteja sempre o seu caminho

Esqueça, pobre afluente, fuja daqui
Busque no mundo aonde se encontra o cu
- deságue inteiro às Cataratas do Iguaçu!

# IDEAL

É absurdo, é como um grande pesadelo.
Mas eu galopo o meu cavalo em pelo.
Trêmula corre uma vela sobre o estrume –
É um Ideal surfando em ondas de chorume.

Às vezes, como um aiatolá do Irã,
Tenho delírios de execução em massa
Quero matar o meu irmão, a minha irmã,
Quero cuspir sobre o véu dessa trapaça.

Ó meu Senhor, que bom seria,
Na praia. Um temporal abate o dia.
Maré revolta me sugando para o mar
E ao resgate do bombeiro refutar:
"Me deixa, vai, não sou mais deste mundo
E o oceano é um túmulo profundo".

Então se acende ao firmamento o Ideal
Não desperdice a sua força neste pranto!
Há quanta gente que de ti precisa tanto!
E eu replico ao Ideal: Morrer por qual?

Ah, Ideal! Ô, Ideal! Que fina salva!
Quanto dinheiro Tu podias me render
Se eu conseguisse pelo menos dessa calma
Para burlar o que me destes para crer

Pois neste mundo, desconfio, a Tua essência
É quem me impele ao desajuste e fere a alma.
Por isso a Ti remeto enfim esta ressalva:
Me deixa, ô meu, me deixa, eu Te imploro –

Pois só o que importa nesta vida é Aparência.

# DESTA OUTRA SOLIDÃO

# SOLIDÃO

Desde quando era um piá, os tenros anos,
Que eu pressentia o sabor do meu engano

Quando julgava estar de tudo tão distante
Ao constatar sua presença inquietante -

Inversamente, a sua presença é um vazio
Que faz correr a alma quase como um rio

Para o caminho natural que lhe convém
Dizendo à vida - que fazer? - o seu amém...

Eu era cheio de amigos, eu cultivava
A arte de fazer a todos dar risada

Eu era o mímico, palhaço, equilibrista,
O circo inteiro - um guri assim, sarrista

E me sentia muito bem ao redor deles
Os meus amigos que matavam minha sede

De atenção, amor, afeto e carinho
Pois longe deles sempre tão pequenininho

Era o vulto que me olhava no espelho
Não mais que a sombra de um ridículo fedelho

E assim segui, buscando enganar a sorte
Da solidão, que me espiava como a morte

– Sua irmã mais velha que só conhecemos
Depois de dar à outra tudo o que temos –,

Imaginando que enquanto rodeado
Pelos amigos não a teria ao meu lado

Qual quimera! A ela sempre fui fiel!
Dela nos dedos eu usei até o anel

Pois em meu quarto, junto com a minha mente,
Eu a sentia como um irmão dormente

A quem um dia eu veria acordar
Subitamente, vindo a mim, pra me abraçar

E foi o que me aconteceu, exatamente,
Pois aos pouquinhos fui deixando lentamente

De me sentir acompanhado quando a turba
Dos meus amigos reunia-se na curva

De um rio poluto, um riozinho de ilusões,
Pra postergar em nós o efeito das monções

Da solidão – e o seu efeito sempre vinha
Como a ressaca de um galo após a rinha

A me dizer: tu não serás como eles nunca
E tão sozinho eu me sentia, a alma adunca –

E assim eu fiz, e assim versei-me nesta dor
De estar só, de não saber me contrapor

Ao desamparo do que pensa e está vivo
Sem entender por que razão, como um cativo

Que nasce assim, sabendo ao peito a liberdade
Desconhecida pelo resto da cidade

Mas disto, enfim, disto também eu desconfio
Que seja apenas da razão mais um desvio

Que a solidão impõe a todo ser humano -
E assim seguimos, cultivando o mesmo engano...

# QUANDO UM POETA NASCEU

Quando um poeta nasceu, novilho imberbe,
Sobre a cidade uma tristeza se abateu
E embora a força do concreto fosse inerte
Dentro do peito ele sentia: algo morreu

Foi um arrulho entre os becos, murmúrio frio,
Palpitações num coração que é só safena
E quanta dor correu suas veias, feito um rio
De ilusões assim desfeitas, misérias plenas

Piá ainda, homem depois, perdeu sua vez
E o destino que mantinha, qual quimera
- Seu tempo escorre numa sala de espera -

Chegam os anos e os cabelos brancos vêm
E ele ainda com seus versos no papel
Chorando a vida que levou, como um refém

# ÉBRIOS

Muito embora a ti dediques o meu canto
Não o conheço ou conheci, conhecerei
Se morto estás, contigo nunca beberei
Até cobrir a alma em versos, nosso manto

Sou como tu, também prefiro o que é belo
Busco fugir das tantas pústulas do mundo
Mas quanto mais à superfície, mais profundo
É o mergulho em que me lanço do castelo

Busquei na tua poesia um acalanto
Julguei que havia aqui um prócer entre os seus
Mas qual surpresa? Eu te encontro só no pranto

Só nele posso ter contigo, como a um mano,
Só nele as brumas se desfazem junto ao breu
E enfim te reconheço amigo: Emiliano

# ESPECTRO

Parado ao sinaleiro, fecho as janelas do meu carro.
Lá fora um trovão ruge, um vendaval geme e sibila.
Neste refúgio de metal, homem de bem, eu me agarro
Contra a tormenta que ao meu olhar desfila.

Receio a tempestade. Alterno as estações de rádio.
Procuro o meu pendrive e só encontro um pirulito
Que a filha ali deixou. Mas, eis que como um gládio,
Percebo no exterior um movimento esquisito.

É um ladrão, ladrão talvez... meu coração se pasma
E transformado, qual esfíncter, todo ele se retrai:
Colada ao vidro, a face horrenda do fantasma.

Ele se encosta. Balbucia. Olha-me bem de frente,
Melancolicamente - pior: desesperadamente... -
E sem dizer palavra, em seguida, ele sai.

## MORS

Nesse impossível lar
A dor caiu neste momento
E o que antes era luz
Sumiu no vão do firmamento
De boca em boca passa
A água ardente que aquece
De mão em mão o fumo
A ponta suja de um béque...
Somente tu como um rochedo
Tombaste ali silencioso
Sobre a sarjeta quase inerte
Um condomínio absconso
Pálidoextáticosombrio
Caído neste longo sono
De que ninguém
                    ninguém
                              NINGUÉM
De que ninguém te acordará

# PARA QUE TODOS QUE EU AMO SEJAM FELIZES

Eu sei que o meu destino é como um hino
Que os crentes cantam em louvor na sua igreja
E por isso, também, porque eu nada mereça,
Aceito a minha condição, sou peregrino

Tudo que vier é bom: esta tristeza infiltrada
Nos olhos de criança - nunca deixei de ser menino -,
Este vazio que infla o peito, esta opressão, esta espada
Cruzando o coração, este silêncio em meu sino

Bendita seja, pois, a solução que eu encontre,
Bendito este punhal que me amansa a consciência.
Que a morte me permita alguma paz à minha fronte
Que a vida me perdoe a veia aberta, esta ardência.

Mas antes, Senhor, que a chama acesa do inferno
Me consuma, permite-me pedir a quem eu amo
Misericórdia: que seja ameno o frio do inverno,
Que seja mínima esta culpa que eu inflamo

Que n'outra vida, não sendo feliz nesta,
Eu possa vê-los neste gozo pleno e belo
Em regozijo pelo que ainda lhes resta
Fruindo o fato de não ser mais que um elo

E que o mal que a eles fosse destinado
Se alimente ao sacrifício de um devoto
Que chama a si todo o poder do Seu cajado
Deixando a eles um sinal quase remoto

Sim, permiti que o mal do redemunho
E o fel do tempo não os façam como a mim:
Um homem triste, quando muito um rascunho,
Inexplicável como a ânsia de um fim

Que as serpentes que comigo copularam
Não os encontrem pelas vias mais escuras
Onde entreguei meu corpo e elas acabaram
Com o frescor que me exalava a alma pura

Com meu Desejo de gaivota, de andorinha,
De pervagar um oceano de miragens
Reconhecendo em cada gota uma paisagem
- E eram essas ambições as que eu tinha -

Tira, enfim, qual fosse ao dedo um espinho,
De quem eu amo o sofrimento do caminho
Meu Deus, eleve-me uma vez desacordado,
Se houver perdão para o meu último pecado

Que agora eu vou, vou ao suplício derradeiro
- Não restarão de mim sequer as cicatrizes -
Vou mergulhar, buscando em Ti o rio inteiro.
Glória aos céus, porque seremos tão felizes!

# SÁTIROS E SATÍRICOS

# NÃO SEI QUE POETA

Não sei que poeta, Emiliano, teve um dia
Possuído inteiro pela voga iconoclasta
Baseado em modernismos, vãs filosofias,
O destempero de cobrir-te coa rechaça

E entre vitupérios, descomedimentos,
Quis tão somente derrubar-te à hierarquia
Provinciana dos que fazem poesia
(Tão nítido era o seu vil procedimento)

Ele não soube ler, ó nobre, a tua sina,
E por soberba, por sua ambição divina,
Tratou a um príncipe pior do que a um cão

E neste olhar, a cisma, a sátira risonha,
Hoje percebo esta verdade sem vergonha:
Não há poeta que não viva uma Ilusão!

# ORGULHO

Nasci para viver no meio do que é belo
A miséria me causa um horror sem igual
Se topo com pedinte na calçada interpelo
O dono do comércio: limpe já esse vagau!

Nasci para viver na torre d'um castelo,
Onde pudesse exercitar a glória e o poder
Sobre meus servos, mas com olhar singelo
Que um anjo eu fosse, fizesse a todos crer

Antes me cubram de rubis e diamantes
Antes me sirvam de absinto e licor
Antes minha cama abastecida de amantes

Pois me abate, e nisso eu tremo qual criança,
Toda manhã lembrar, depois de acordar cedo,
Que ao pobre orgulho é sair do desemprego

# GLÓRIA

Acho demais assim versar, biblicamente
Nesta pessoa que ocupa a minha mente -
És a segunda, mas calhou-me de amá-la
Mais que a terceira, que reservo só à fala

Não sei ao certo se a ti eu me refiro
Por tu ou ti, nem se tu sois ou se tu vais,
Sinceramente, já não ligo e tanto faz
Se te conjugo à perfeição no meu suspiro

Desde que a ti meus versos soem eloquentes
E envelhecida num tonel de erudição
Mistificada seja a senha do que sentes

Abusarei desta pessoa que conheço
Quase de vista, só assim, de superfície -
Ai se um poeta tu ne mim ao menos visse!

# O ENIGMA

Cansado de tentar decifrar esse Mistério
Cujo limiar tocou ao entrar naquela Igreja
Vendo as joias do pastor, senhor dessa riqueza,
Decidiu ser o patrão de seu próprio ministério

Apóstolo e bispo, estes dois já são manjados.
Então radicalizou e disse a todos: sou profeta!
Criatura que não crê nesta Palavra é abjeta.
Se tu é crente em Jesus, siga agora o meu cajado.

Demorou mas seu rebanho obediente apareceu
Com grana e fé, buscando nele uma esperança.
E percebeu: nenhum é mais que uma criança

Precisando de uma ordem, de alguma autoridade,
Com pavor de andar no escuro, apesar da sua idade.
E assim ele chegou à conclusão de que é um deus.

# UM DOS SONETOS DE D. JUAN

Todos os dias o meu coração suspira,
Por ti, meu bem, por ti, ó minha musa,
E fico assim, cabeça quente e confusa,
Imaginando a gente junto numa pira

Ó, prédios chiques, prédios de Camboriú!
Carrões do ano que eu nunca possuí!
Quando é que poderei, como um rijo colibri,
Fornicar a tua boca, penetrar-lhe pelo cu?

E que ânsia de poder fundir-nos num só beijo
Grego, e gozar descontrolado à sua tez,
Lavando-a inteira nesse mel que o desejo

Produz, como uma abelha suicida –
Ausente a camisinha, pulsa desprotegida
A minha rósea glande em noite de orgia

# OUTRO SONETO DE D. JUAN

Quando fulges aqui, pela minha lembrança,
Ô, mina vil, mina cruel, mina devassa e vadia!
O que eu sinto é uma brutal desesperança
De tê-la aqui, somente minha, de tê-la um dia

Sem incorrer nesta vontade de vingança
Contra os que antes te pegaram, e foram tantos
Que um assassino eu seria, não fosse o pranto
Que me alivia quando o ódio me alcança

E que horrível é pensar que agora estou
Preso a uma puta que deu mais do que xuxu
Em barranco, flácido furo é o seu cu,

E tenha por destino, e tenha por desgraça,
A infâmia de te ver assim, nessa manguaça
Bebendo pinga com um noia cheirador...

## AINDA OUTRO

Quando te vejo nessas fotos de biquíni
Tomando sol numa piscina de burguês
Da mais formosa rosa vejo mil buquês
Vejo a maior entre as belezas que imagine

Escuta: para mim és mesmo o melhor partido
Que um pobre feio como eu pode querer
Se me aceitas, tu não vai se arrepender
Pois para ti prometo ser bem mais que amigo

Os teus biquinhos no espelho são demais
Em tuas selfies, que pecado, sinto o perigo
De uma vez morto por amor não vê-la mais

Então, meu bem, acabe logo coesta dor,
E mande um nudes para mim, é o que te peço,
Acabe logo coesta angústia, por favor.

# E FINALMENTE O ÚLTIMO

Minha morena, o teu olhar é perdição
Que me vicia e faz sentir essa fissura
Do teu peitinho, a coxa, a tua gostosura,
Mande-me agora aquela foto do rabão

Que tu falaste, loira minha, e prometeste
Me remeter naquela noite de carícias,
Em que toquei pra ti, ouvindo tuas delícias
Que me deixaram a sofrer como em açoite

Ó ruiva minha, tu és a musa do meu tinder
Você bem sabe, só por ti sinto desejo
O que esperas para dar-me do teu beijo?

Tenho por ti a intenção mais nobre e pura
E compreendo o teu receio de casada
Mas para mim o teu grisalho não é nada

# VERSOS DOIRADOS (O AMOR É JOIA)

Quando à minha volta o mundo inteiro parecia
Desmoronar frente à ausência de um sentido
Num shopping center te encontrei e fiz abrigo
- a tua grife me encantou como magia -

E em ti eu vi bem mais que a luz de um amigo
Alguém pra repartir enfim minha aflição
Pra me mostrar desta beleza além do umbigo
Ao partilhar com outro alguém o seu cartão

Eu te prometo aqui eterna esta paixão:
Farei de tudo pra te ver bem mais feliz
Se tu gostares da canção, compro-lhe o bis,
Se te sentires solitária eu compro um cão

Saiba meu sol que ao teu lado estarei
Até o fim, comprando tudo aonde for,
E te honrarei com joias caras que farão
Tua boceta transbordar o nosso amor

E quando meu for este ar desanimado
Sei que teus braços me trarão algum presente
Nem que pra isso tu procures no mercado
Depois de ir a tantas lojas diferentes

Comprarei tudo que encontrarmos pela frente
Carros do ano, bolsas de couro, casa na praia
E até silêncio eu comprarei caso ouça vaias
Dos que se negam a viver intensamente

E uma família, a mais perfeita, compraremos
E os nossos filhos comprarão depois pra nós
Muitas lembranças que no peito guardaremos
Tendo a saudade doutro tempo como algoz

Até que um dia o filho diga “pai, comprei
Amplo jazigo aqui no bairro pra você
Já está pago, serás tratado como um rei
Tendo um enterro semelhante aos da TV”

E quando os anjos me elevarem para o céu
Tal como antes te amarei também no além
Comprando a ti com Deus um belo camarote
Pra desfrutar da melhor nuvem com meu bem

# OH! QUE ÂNSIA DE SUBIR HOJE MESMO ESSA MONTANHA

Farinha e carne
De primeira,
Uísque entre putas,
O mundo celebrando a sua imperfeição...
Por toda a urbe
O seu rosto espalhado
Nesses panfletos das esquinas.
Um foguetório ao comitê,
Festa no sítio -
Eu era só mais um laranja
De empresário.
Ganhava, sim, também ganhava,
Como assessor especial,
Se bem que dividindo ganhos
E sem função na capital.

E via, dentro desse horizonte,
Eu via o meu caminho
Pra chegar no bacanal:
Todo o mundo entendia que viver
Era gozar apenas a submissão
Dessas mulheres nuas,
Aquele vampirismo,
Aquele sodomismo,
Aquela drogadição,
Aquela fúria de beber
Como um cão
Com o dinheiro do governo
- De alguém, enfim, ele será...

Que seja meu, que tenho filhos pra criar -
Com o dinheiro do partido
E dos auxílios
Ou mesmo com o troco
Da licitação.

E em meio àquela embriaguez
Em que andava todo o mundo de arrasto
Sem poder erguer os olhos
Cheirando até o pó do chão
- Um intruso em meio à orgia
Do poder -, foi que escutei
Da boca dele, o deputado,
Essa promessa que eu tanto
Esperei:
Está aqui meu candidato a vereador
Homem leal em que confio
Para vencer nesta cidade a eleição...

Mas, sem parar, os anos iam por aí,
E não chegava nunca a hora do prazer
Que eu já sentia aqui em mim
Porém sem externar...
E ansiedades e conluios
Cresciam cada vez mais...
E eu sentia um ódio enfurecido
Quando os boatos me diziam não ser mais...

II

Um pastor, porém,
Que fora eleito há alguns anos,
Com o olhar vazio e sedento
Como o de qualquer vagabundo
Que se sujeita a coisa assim
Uma noite me chamou
Pra ter com ele um desses
"Papos de adulto"
E estranhei o seu chamado,
Mas não muito,
Pois já sabia que o meu nome
Estava forte
Até nos quadros da crescente
Oposição.

Ele me disse:
"Saia dessa enquanto é tempo!
Esse Ratão não vale nada
E nem te leva ao caminho que desejas,
Te faz de bobo,
Com ele és menos que uma
Mísera empregada,
Venha conosco para a próxima eleição.

Nós te faremos vencedor
E em se não sendo
Darei a ti um cargo bom na prefeitura
É só você me dar sua confirmação".
E com meu pensamento assim, atordoado,
O candidato foi de banda, praqueles lados...

E, vendo-o partir, os goles e as picanhas
- Ó, quantas delícias vou gozar! -
Eu já sentia me pesando nas entranhas...
A minha chance eu precisava agarrar.

Se o que ganhava vinha fácil, era pouco
E ver o Rato enriquecendo a olhos vistos
Sem repartir comigo a parte maior disto
Era uma coisa que deixava-me bem louco!

Queria mais, seguir também uma carreira
De glória e gozo e poder, de muita grana,
Fazer da loja de importados minha feira
Luzindo a todos com o brilho dessa fama

"Que a cidade, toda fodida, toda podre,
Curvada a mim me peça benção e saúde,
E que os chegados confiram: de meu odre
Transborda mel, e dele eu faço um açude".

Podiam atirá-lo sobre feras
Submetê-lo a uma era de insônia
Que lhe importava? Já não tinha cerimônia
Só desejava pôr um fim nessa espera

Que lhe importava, a ele, a sua sigla,
Seus companheiros de partido nesta guerra?
Se nunca mais residiria à mesma vila,
Se depois disso mudaria até de terra?

Que lhe importava, a ele, o rato falastrão
Que só promessas lhe fazia, não o alçava?
Se ele mesmo tinha toda a condição
De se tornar vereador, de abrir as asas?

III

No meio do furor, rolou o novo pleito.
E da vitória ele sequer se aproximou.
Não teve o cargo que o pastor anunciou
Pois o esperto não lhe tinha mais respeito.

Perdeu os votos e também muito dinheiro
Que sequer tinha. Era tão pobre e quebrado
Que até empréstimo ele fez e pendurado
Com agiota assim ficou - pense o vespeiro!

E pra pagar as suas contas precisou
Voltar ao deputado de quem foi laranja
Pedindo arrego, implorando a sua canja
Que por ganância o tonto antes rejeitou.

Do seu padrinho escutou todo o sermão:
"Vai si fuder, seu corno manso, viadinho,
Cê me arrebenta e depois pede a minha mão?
Vai te virar, que eu me viro bem sozinho.

Eu te tratava como a um filho ou sobrinho...
Porque trocou-me pela merda do pastor?
Sabes agora que das cobras foste ao ninho?
Vi no teu gesto a ingratidão com muita dor".

Não esperava essa resposta, foi ingênuo,
Era um bom homem, afora a sua estupidez,
Voltou pra casa, resignado a comer feno
Enquanto os ratos bebem uísque escocês.

Mas, noutro dia, o celular lhe apitou
Era Renato, e estava na articulação
Da nova frente que faria oposição
À prefeitura, e para isso o convidou.

"Terás de recurvar, às vezes, como um vime,
Sendo joguete às mãos de quem está acima.
Para poder subir a escada do Sublime,
Deves ter calma, pois a luta é de esgrima.

Renunciar a toda a sua autoestima
É um começo, mas não é suficiente,
Deves saber que o caminho desanima
Pois vai chupar a pica suja dessa gente.

Terás de arrancar, com máximo denodo,
Qualquer merreca que pintar neste trabalho.
E aceitarás sempre o convite deste jogo
Sabendo o vício que existe no baralho.

Terás de assinar teu nome em falcatruas
Que são do crime a sua parte perigosa –
Se alguém descobre, a tua conta fica nua,
Só contra ti é que terão alguma prova

Tens de vencer, escuta, toda acusação
Que te farão até os amigos mais antigos
Que por inveja agora o sentem inimigo
- O seu sucesso eles jamais aceitarão... -

Tens de arrastar pra lama até sua família
Que poderá sentir também essa pressão
Que a imprensa às vezes faz, e desta ilha
De luxo e glória tu farás sua prisão...

Se aguentares tudo isso, chegará lá
Digo: teu carro importado há de fulgir
Desde a garagem (isso e mais irás curtir)
E a quem tu serves nem sequer se lembrará!

E em tuas festas, onde não fará barganhas,
Empanturrado e com mil putas num sofá,
Sentindo todo esse poder, teu coração crerá!"

Oh! Se Deus quiser subo hoje mesmo essa Montanha!

# UMA NOITE NO PASSEIO PÚBLICO

## SOL D'HINVERNO

Coberto por andrajos, miserando, eu cobiço
Da paz que vem das aves confinadas no Passeio
Desfrutam, coloridas, de um conforto submisso,
De quem não sente fome e ignora o que é feio

Aqui desembarquei, na capital tentando a sorte
Tão bela esta cidade, com seus ares de europeia!
Quais eram minhas chances? Não tinha nem ideia
De como eu venceria o xadrez com minha morte

Nas frias madrugadas, ah, caem lindas as geadas!
Que os homens na TV recobrem com seus elogios
Buscando às brumas cinzas uma fábrica de fadas

Escondo os pés rachados, cubro com meu papelão,
Pensando nesta vida que Jesus me ofereceu –
Ganhar Dele esta cruz em troca de uma Ilusão...

# DE UM FAUNO

Ah, quem me dera, ao passar pelo Passeio
Juno! Com sua bunda que balança e flutua,
Poder despi-la desse jeans, qual fosse linho...
E vê-la nua! Só me excita mulher nua!

Nua! Essa polaca nua é branca como a lua...
Toma seu porre de corote, bebe do vinho,
Porém se a chamo na balada ela recua
Esquiva dama não me mostra o seu cuzinho...

Foge a jaguara, não deseja que eu avance
Mas em meu plano mostro quase de relance
Do carro as chaves e ela vem atrás de mim

Dispo-a; carrego-a, assim, pelada para o banco
De trás, enquanto bêbada ela diz: não quero mais
E o seu cabaço de novinha eu arranco

# NO TRONCO DUMA ÁRVORE

Foi num começo esplêndido d'outono
Todo o Passeio estava em manutenção
Um pipoqueiro, atrapalhando o meu sono,
Sentou-se ao banco onde eu dormia como um cão

E assim de chofre perguntou-me: quer um doce?
E da sua culpa, juro, não desconfiei
Um santo ao parque? Nada disso! Antes fosse...
Pois pela mão levou-me à ilha e eu deixei

Ali me desflorou, matou sua libido
À força como um velho fauno sujismundo
Vindo do inferno, qual um verme d'outro mundo

E quando o doce prometido se agora
É que me vou, é que me vou logo embora?
Só sinto o amargo de deixá-lo continuar...

# SÚPLICA DE UM FAUNO

Foi neste bosque, olhai, que ontem encontrei
A mais pomposa das donzelas, minha rosa
A exalar sobre o Passeio o seu perfume
De quem nas artes sedutoras jaz no cume
E assim cedi ao teu furor, caro Adônis, à tua
Fome de orgasmo, cercando uma bacante nua

Ébria, contorcendo-se em delírios, como louca,
Rugi em brados com meu pinto à sua boca,
Nela enlaçado como um sátiro cornudo,
Deliciando-me em seus peitos de veludo

E que algazarra vã daquela juventude
Ouvindo Pã soprar na sua flauta pude
Aproveitar com minha pica poderosa
Correu Apolo atrás da ninfa mais fogosa
Uivando: ui, mas que delícia, ai, não pare!
Ágil, veloz, como no crime de um padre

E que riso cruel, tonitruante e louco,
Quando Vulcano aparecendo daí a pouco
Aos braços de um estranho, vítima da ilha,
Vênus perdeu seu lacre - ai, que maravilha!

Correu o vinho a flux e ela, já tão bêbada,
Coroou deus Pã com mirtos nele repelidos
Sob a forma de um jorro expelido
Golfada fétida cobrindo o meu pau
Como se porcos dessem parte ao bacanal

Nem mesmo eu, que já comi tanta baranga,
Nem mesmo eu soltei uma risada franca
Quando aos meus pelos escorreu a gosma branca
De sêmen quente junto aos restos duma janta

Depois que embora ela foi, já nem sei como
Pelo seu vômito nutri fatal desejo
E quando penso na estranheza desse beijo
Juro por Júpiter que a queria só pra mim
Tolo, no entanto, nem peguei seu telefone
Tão ébria estava que sequer me disse o nome
Do nosso amor não resta uma testemunha
Além do busto de poeta que há aqui

Assim prefiro ser um homem cego e triste,
Ou possuir então desse prestígio, ao menos:
Me petrifica, ó vil Medusa, torna-me estátua
Mais insensível que o mármore de Paros!

## CANÇÃO DO DIABO

Aqui, um dia, neste parque,
Estava eu a ruminar,
Entediado, de tudo farto,
Com meu cigarro, a fumar

O vento penetrante uivava
Com silvos quase guturais
Enquanto alheio eu meditava
Sobre o que não queria mais

Esta vidinha proletária,
Vida cruel e desgraçada,
Esta vidinha de operário
De acordar cedo para nada

Eu planejava um gesto breve
Para encurtar o meu porvir
Quando de leve, pois, de leve
Ouvi sua voz me auferir

'Meu mano, prove desse fumo'
E me passou o seu basi
Que traguei fundo e agradeci
Sentindo enfim um novo rumo

O parque todo iluminou-se
Mas cuma claridade tal
Que julguei mesmo dia fosse
- eis que o cigarro era cabral!

O mano percebeu meu grilo
Então sorriu e disse assim
'Fique de boas, é tranquilo
Fumar com beque, vai por mim'

Tomado inteiro por tal baque
Tive um surto alucinante
Crendo-me à posição dum vate
Ou de alguma cartomante

O meu futuro então eu vi
Era tão belo, acachapante,
Que a pedrinha do basi
Tratei qual fosse diamante

Tirei do bolso dez reais
E disse 'amigo, dê-me outro
Deste cigarro. Um foi pouco.
Deste augúrio eu quero mais'

E desde então não desisti
Deste milagre, o meu futuro
Que encontrei neste rubi
Por dentro sendo o mais puro

E quem o mano do Passeio
Que me vendeu daquela vez?
Julgo que fosse alguém tão feio
Que à mente eu deletei sua tez

Foi Satanás? O que me importa
Se sua oferta eu aceitei?
E ao seu chamado eu abro a porta
Dizendo venha, ó, meu rei...

# SÚCUBO NA ILHA

Sob o olhar marmóreo-fixo de teu busto
Encontro ninfas e dragões concupiscentes
E deste além que habitas sinto tão presentes
Os teus desejos de poeta, então eu cuspo

No membro erétil e pulsante, mirando torto
Rugas concêntricas de um servo quase grego
No gáudio bêbado que sinto quando um rego
Abre-se ao fausto como um súcubo absorto

E em mim palpitam ilusões cheias de brio
Tão logo à túnica eu rasgo o seu veludo
Alheio aos vultos que só sentem seu fastio

Sei que proteges esta ilha, ó Perneta,
Onde rezamos com fervor à deusa Vênus
E um boy me goza à face quente essa punheta

# LUA

*Para Rodrigo Madeira, pássaro ruim*

Crepúsculo indeciso. As estrelas começam a surgir, uma a uma, como lâmpadas que se acendem. Zéfiro sopra. E num sussurro esquizo e hipnótico, a pouco e pouco, a cidade se recolhe. Ouvem-se vozes longínquas e dispersas...

*Um morcego:*
- Vai despontar a escuridão.

*Outro morcego:*
- Pois que desponte logo.
- Tenho ânsias de sair, tenho a cabeça em fogo.
Hoje vou conhecer, pela primeira vez,
A volúpia, a febre, a embriaguez
De voar, de voar, ó sonho que me abrasas!

*Outro morcego:*
- Ah! Que bom de fugir! Que orgulho de ter asas!

*Outro morcego:*
- Estou ébrio de amor. O amor é como o sangue.
Que venha logo a escuridão. Quero orgulho de ter asas!

*Uma mariposa:*
- Dentro da escuridão, ausente até a lua,
Convém buscar a luz de um poste aceso à rua.

*Uma coruja:*
- Eu sou seu predador, a mordida por inteira,
Oculta e sorrateira, e o meu voo vem da beira.

*O viaduto:*
- Que solidão sem par, que solidão extrema,
A solidão concreta de um imenso viaduto;
Mas quando sob mim uma conversa escuto
Me sinto realizado, é como um diadema...

*A sarjeta:*
- Guimbas de cigarro, muito lixo, água suja,
E o mijo de um pedinte – qual banheiro ele me usa.

*O Passeio Público:*
- Ó tontura, ó vertigem, que mudança me acontece
Quando a noite se assenta e toda luz se arrefece
Das crianças no parquinho só me sobram as de rua
Que a infância não tiveram, desde cedo na cafua

*Um banco do Passeio:*
- Quando uma em mim se deita, se aninha e descansa
Que tristeza me aplaca, que angústia e que ânsia!

*Uma barata:*
- Sobre os restos da lixeira eu reduzo a minha fome
Como faz este piazinho que ninguém conhece o nome.

*Outro banco do Passeio:*
- Mas como fede este guri, mais parece uma carniça!

*Outro banco do Passeio:*
- Nem se lembra do que seja um xampu ou sabonete!

*Outro banco do Passeio:*
- Um banquete aos piolhos se tornou sua cabeça!

*O asfalto:*
- De tanto ele andar descalço, já sou sola nos seus pés!

A *lixeira:*
- Ó, que glória de dar frutos quando a mim ele recorre!

A *calçada:*
- Como gentil eu sou! Sobre mim qualquer um dorme
E o colchão de que disponho, embora duro, é enorme!

*As fezes de um pombo:*
- Eu enfeito este passeio como arte, qual grafite.

*O pinheiro:*
- E eu sou como a medusa, meu encanto à noite cresce.

*Os bueiros:*
- É um gemido sem fim, de buraco em buraco,
E a chuva quando cai só me empurra o que não presta
Entupo-me com plástico, não me sobra uma fresta,
E a água que não sugo corre dar nalgum barraco.

*O mosquito:*
- Quando sobre o horizonte as estrelas alumiam
Que prazer, que vibração, o escuro me excita!
Ao sentirem o meu pico estes homens arrepiam
Os seus pelos e se coçam – ó, como isto os irrita!

*Um morcego:*
Ah, que gelado frescor tem o torpor da madrugada!

*Outro morcego:*
- É tempo de voar, eu quero ir agora...

*Outro morcego:*
- É nesse breu profundo que anseio degustar
Mariposas...

*Outro morcego:*
- Já eu quero esta lua, fruto doce do universo...

*Um pedinte:*
- Eu nunca vi a noite tão sombria como hoje:
Não parece um anúncio de violência, caos e fome?

*Outro pedinte:*
- Na miséria em que vivemos, tu bem sabes, não há lei
Qualquer porco armado julga ser aos nossos como um rei...

*Outro pedinte:*
- Passe logo essa brita, não pensemos no pior!
Pois se nada é o que temos, também nada perderemos
Afora esta desgraça que de morte chamaremos
Quando ao reino do senhor subirmos, anjos de candura,
(Nunca mais tanto desgosto, nunca mais a vida dura
Que qualquer de nós já sabe por inteira e decor).

*Uma pedra:*
- Que frêmito no peito! Que espetáculo na lata!

*Outra pedra:*
- É realmente bela esta fumaça de isopor!

*Uma garrafa:*
- Não dá pra suportar o frio da noite sem ajuda!

*Outra garrafa:*
- Não dá pra desmaiar sem que uma pinga lhe acuda!

*Um pedinte:*
- Quando a noite me cavalga, poderosa, minha amante
Carregada pela névoa, ela é a noiva de um imundo,
Sinto a minha dor qual fosse o mais raro diamante
Conjurado com as trevas e tormentas deste mundo

*O Passeio Público:*
- Tu me beijas, lua oculta, tu me beijas loucamente
E eu devolvo o seu beijo, o retruco com meus dentes
Nessa hora, ai de mim, só quem busca o meu brilho
É quem já não tem mais mãe, pai, irmão, irmã ou filho
Como tu sou um reflexo, minha luz é emprestada
E o meu charme não resiste à fauna vil da madrugada

*Um morcego:*
- Aqui, onde caí, um predador já se anuncia.
Como cansam estas asas – são feitas da minha pele!
Antes que a coruja oculta me consuma como deve
Eu me arrasto pelo parque em desespero e agonia...

*Os ratos:*
- Ali, coruja astuta, está ali a sua presa!
Não mire assim seu bico afiado contra nós
O pássaro ruim será sua janta e sobremesa
Preserve-nos, os ratos, que adoramos sua voz

*O poeta:*
- Ah! Que sombria dor e que profunda mágoa
Sermos, eu e o meu verso, não mais que esse brilho,
Que depois de assim fulgir, ágil feito uma espada,
Penetra a escuridão – efêmero como um delírio!

# EVASÃO AO RÉS-DO-CHÃO

*Ricardo Pedrosa Alves*

Evasão é uma palavra usual na leitura dos poetas simbolistas. Ela dá conta de um déficit de realidade, de um lado, e de um ataque sensualizado ao formalismo estanque dos parnasianos, de outro. Foi com a noção de evasão que Tasso da Silveira definiu os poemas de *Ilusão*, livro de Emiliano Perneta, de 1911. Teria sido mais tímido nosso Simbolismo, mera atividade de cópia dos autores cultuados, como Baudelaire? É o que pensam, em vias completamente diferentes, críticos como Augusto de Campos ou Flávio Kothe. O primeiro adverte para uma "comedida prática simbolista brasileira", marcada por falhas como exagero retórico, exagero musical, predominância ornamental, sentimentalismos, adjetivação desmedida; já Kothe defende que o "poema de Cruz e Sousa intitulado 'Violões que choram' é uma imitação da 'Chanson d'automne' de Verlaine, sendo o original comumente ignorado ou escamoteado no ensino brasileiro...". Teria havido, segundo esses dois críticos, uma atenuação do potencial inventivo do Simbolismo europeu em terras brasileiras. Foi nesse plano que o próprio Augusto de Campos defendeu a excepcionalidade de dois autores daquele movimento, Pedro Kilkerry e Ernani Rosas.

Por outro lado, há correntes da crítica que defendem o Simbolismo brasileiro como pleno de originalidade. Roger Bastide, por exemplo, chega a compor uma tríade simbolista mundial: Mallarmé, Stefan George e o brasileiro Cruz e Sousa. Paulo Leminski fez uma biografia incrível sobre Cruz e Sousa. E o Simbolismo sempre contou com uma crítica elogiosa feita a partir do próprio movimento, como no caso de Nestor Vítor e, a seguir, de Andrade Muricy, autor do monumental *Panorama do movimento simbolista brasileiro*. De resto, influências simbolistas (ou penumbristas) estão em vários autores modernistas, como Bandeira, Cecília Meireles, Ronald de Carvalho e Ribeiro Couto.

A grande questão do Simbolismo no Brasil parece ser, portanto, a de se decidir em que medida o movimento foi realmente orgânico em relação à realidade local e à invenção na literatura. Nesse sentido, a mera opção de tomá-lo como cópia tão somente da matriz francesa não nos parece a mais viável, haja vista a própria reverberação simbolista no Modernismo, caracterizado justamente por ser um movimento que abriu os olhos da literatura para a realidade brasileira. Parece ser assim que Marco Aurélio de Souza estuda e refaz o I*lusão* de Emiliano Perneta, com olhos nas possibilidades da evasão dolorida que se faz ao do rés-do-chão.

O trabalho que Marco Aurélio nos apresenta sob o título de I*lusão* é, em primeiro lugar, uma atividade de pesquisa. Na sua tese de doutorado, "O Paraná no campeonato nacional das letras: uma leitura do jornal Nicolau à luz dos problemas da história literária regional" (2020), destaca-se a ideia de que a partir do jornal capitaneado por Wilson Bueno, entre 1987 e 1996, consagrou-se uma observação mais sistêmica da tradição literária paranaense: "uma comunidade imaginada de obras, estilos e autores ligados ao Paraná". Este livro de poesia mantém com aquela percepção da tese uma homologia intencional. Trata-se de uma angústia da influência enfrentada com galhardia (pela homenagem, no plano da continuidade) e galhofa (pela resistência, no plano da descontinuidade). Este livro de poemas manifesta-se por procedimentos ou dispositivos de ordem necessariamente restritiva, isto é, o que está em jogo é uma operação, mais do que um resultado, e podemos chamar tal operação por diversos nomes, nenhum deles suficiente: tradução, leitura, paródia, pirataria, reescrita, palimpsesto etc.

Além do plano da pesquisa, o livro também se caracteriza por uma intervenção num tema fundamental da literatura, a questão da assinatura. Quem assina os poemas? É possível que Marco Aurélio assine poemas a partir de outros poemas? Onde fica a alma do poeta, a inspiração, onde estão as musas? Ele não estaria destituindo a poesia enquanto ferramenta fundamental da originalidade da linguagem? Há muito da ironia e da concepção transcriativa de Haroldo de Campos neste novo I*lusão*, às voltas com um tema fundamental do fim do século vinte que foi a morte do autor, enunciada principalmente pelos franceses, como Michel Foucault. Como escreveu Abel Barros Baptista, falando do romance *S. Bernardo*, de Graciliano Ramos, a assinatura do autor consagra uma operação dúplice: ela é tanto uma autoridade, no sentido de autorização sobre uma obra, quanto é uma despedida daquela obra, a última presença do autor sobre a obra que, a partir daí, passa a derivar democraticamente nas operações de leitura, como enfatiza Jacques Rancière. De fato, o tema da morte do autor é exatamente esse: morre o autor para nascer a autoridade da interpretação. A morte do autor é um tema simultâneo às teorias da estética da recepção, da leitura etc.

O desejo pelo outro da linguagem, esse desejo de reescrita do texto, foi enunciado num poeta caro ao fim do século XIX, Arthur Rimbaud, na formulação de que "eu é um outro". Rimbaud escreveu: "Eu *é* um outro". Não se trata de "eu *sou* um outro". O que parece estar em jogo ali é qual o lugar do sujeito no processo criativo. Entra em cena a ideia de "clarividência", o visionarismo. Rimbaud, naturalmente, fazia parte de um processo histórico, na Europa do fim do século XIX, em que se passou a criticar o racionalismo cartesiano, fundado na autonomia racional do sujeito. O sujeito deixa de ser mimético (como era na frase famosa "penso logo existo") e passava a ser textual, inclusive pela subversão gramatical que punha o Eu, na expressão "Eu é um outro", não como sujeito, mas como objeto a ser qualificado pela alteridade. O "eu" de Rimbaud, diferentemente do de Descartes, tem uma presença virtual, logo simbólica. É quase como se ele escondesse o "eu" na categoria de "outro". Isso diz muito sobre a poesia que se fez no século vinte e diz muito sobre este I*lusão*. O "eu" do poema passa a ser o "eu lírico", mas isso não é tudo. Ele deixa de ser mimético e se torna textual, impedindo qualquer ingenuidade no seu uso. Não há mais "eu" impune na poesia. O novo "eu" será sempre performático ou gestual. Eu é um outro... o quê? "eu é um outro eu", um outro "eu" que não é sujeito, mas texto. Assim, num dos poetas fundadores da modernidade, o "eu" passa a ser permanentemente um problema, ou melhor, uma problematização. É claro que o "eu" do poeta continua existindo e participando ativamente do poema, mas Rimbaud teria introduzido uma desconstrução fundamental quanto à ideia do gênio romântico e do poema como expressão de uma verdade individual. Isso tudo passa a ser posto em questão. A partir daí, diversas desconstruções da autoria passam a atuar, o que, por consequência, traz significativas implicações estéticas e éticas. A introdução da alteridade foi um fenômeno sem volta.

Muitos poetas já investiram na poesia criada explicitamente sobre a intertextualidade, ressaltando-a. O gesto é tanto uma afronta ao texto original e à condição de autoria, quanto também uma modéstia do autor "final", que se debruça sobre outros textos e não sobre seu próprio umbigo ou identidade. I*lusão* conduz a poesia a uma pergunta direta sobre o fazer poético e sua relação usual com a originalidade. Um dos pontos fundantes desse procedimento é relatado pela teórica Marjorie Perloff, no livro *O gênio não original*. Perloff conta como a recepção do texto central de T. S. Eliot, *A terra desolada*, em 1922, foi marcada por uma polêmica. Ainda que elogiado, o livro foi bastante questionado quanto ao seu caráter "citacional", o que, na visão dos críticos, reduziria em muito aquilo que se considerava como essência da poesia, isto é, a originalidade da voz pessoal do poeta. O desafio de Marco Aurélio foi o de fazer com que cada poema tivesse um ponto de partida em um poema de Emiliano Perneta, mas que não dependesse dele, podendo funcionar sozinho como peça estética autônoma.

No Brasil, muitos poetas se aventuraram na reescrita poética, rediscutindo, parafraseando ou parodiando outros textos (e não apenas poemas). Por exemplo, Oswald de Andrade, no livro *Pau-Brasil*, recortando os cronistas coloniais. Ou Cecília Meireles, no *Romanceiro da Inconfidência*, às voltas com os "fantasmas" de Ouro Preto e dos poetas árcades. Podem ser citados também Murilo Mendes, Jorge de Lima (como no verso emblemático: "Dante, falo por ti, por mim, por quem?") e, entre os contemporâneos, há Mafra Carbonieri, Glauco Mattoso etc. Cito, entre tantos exemplos, Adriano Scandolara, poeta de Curitiba que dessacraliza a poesia de Olavo Bilac (em *Parsona*); Mario Domingues, outro curitibano, que reescreveu alguns de seus próprios poemas (em *Musga*).

Deixei para o final algumas considerações sobre o livro de Marco Aurélio. Primeiro quero citar a experiência de leitura de *Assombro zen* (2020), a coletânea anterior do poeta. Ali, há vozes ao rés-do-chão expressando-se pelo haicai. O mundo do calão e principalmente, a polifonia típica das narrativas entra em cena na destituição/homenagem ao modo poético que se consagrou como expressão do tempo em relação à natureza. É possível afirmar que o procedimento antecipa o assalto/afago ao *Ilusão* de Emiliano Perneta, poeta que foi severamente criticado por outro ícone da literatura paranaense, o contista Dalton Trevisan. Minha impressão, lendo o *Ilusão* de Marco Aurélio de Souza, é a de que se trata de um encontro entre Perneta e Trevisan (com o fantasma de Marcos Prado sempre presente, seja pelo cultivo abusado das formas fixas, seja pelo ângulo rebaixado da enunciação). Uma psicografia marginal, um reposicionamento da evasão na perspectiva da nomeação concreta do que antes era símbolo (em Perneta). Há muito dos

Nelsinhos, sua tara e seus risinhos de escárnio, dos contos de Dalton Trevisan, nos poemas deste *Ilusão*, bem como o marginal, a prostituta, o michê, o drogado, o burguês e principalmente o poeta maldito: personagens que vestem máscaras, desconstruindo o "eu" hipertrófico de Perneta. A estratégia de trazer os poemas para a narrativa, por fim, abala o culto do símbolo do livro "matricial", num jogo de espelhamentos e alteridade. Uma evasão concreta, ao rés-do-chão.

pólen soft 80 gr/m2
tipologia a771-roman
impresso no outono de 2021